ALI BABA I ČETRDESET RAZBOJNIKA

Ali Baba *and* *the* Forty Thieves

Retold by Enebor Attard

Illustrated by Richard Holland

Croatian translation by Dubravka Janekovic

Mantra Lingua

U davna vremena u Arabiji, jedne noći puna mjeseca, skupljajući drva za vatru Ali Baba je primijetio nešto neobično. Začuo je tutnjavu, zvuk nalik grmljavini, ali koji nije dolazio iz nebesa već i same zemljine utrobe.

A long time ago in Arabia, on a full moon night, Ali Baba noticed something very strange as he gathered firewood. A rumbling sound, like thunder, came not from the sky, but from below the earth.

I na Ali Babino čuđnje, ogromna kamena stijena
otkotrljala se sama od sebe, otkrivši mračnu špilju.

And to Ali Baba's astonishment, a gigantic rock
rolled across on its very own, revealing a dark cave.

Mjesečeve su zrake bacile čudne sjene preko stijena. Ali Baba
je osjetio da nije sam. Prišao je bliže i gotovo naletio na
skupinu konja koji su čekali svoje jahače. Ali Baba se sakrio i
ubrzo su se sjene pod plaštevima i kapuljačama pojavile iz
špilje idući prema njemu.

The moonlight sent strange shadows across the rocks. Ali Baba felt he was not alone.
He crept closer and nearly fell upon a pack of horses waiting for their riders.
Ali Baba hid and it was not long before a bunch of shadowy cloaks and hoods came
out of the cave towards him.

Bili su to razbojnici koji su čekali izvan špilje svog vođu Ka-eeda. Kada se
Ka-eed pojavio pogledao je prema zvijezdama i rekao: «Sezame zatvori se!»
Golema se stijena zatresla i polako zakotrljala natrag, zatvorivši ulaz u špilju,
sakrivši svoju tajnu cijelome svijetu… osim Ali Baba.

They were thieves waiting outside for Ka-eed, their leader.
When Ka-eed appeared, he looked towards the stars and howled out, "Close Sesame!"
The huge rock shook and then slowly rolled back, closing the mouth of the cave,
hiding its secret from the whole world... apart from Ali Baba.

Kad su se razbojnici udaljili, Ali Baba je jako gurnuo stijenu. Bila je čvrsto zaglavljena i ništa na ovome svijetu je ne bi moglo pomaknuti.

«Sezame otvori se!» apnuo je Ali Baba.

Polako, stijena se otkotrljala, otkrivajući mračnu i duboku špilju. Ali Baba se pokušao što tiše ušuljati, ali svaki korak proizvodio je duboke tupe zvukove koji su odjekivali špiljom. Tada se spotaknuo. Prevrnuvši se jednom, pa drugi put pao je na gomilu bogato izrađenih svilenih tepiha. Oko njega bile su vreće pune zlata i srebrnih novčića, ćupovi puni dijamanata i nakita od smaragda, i velikih vrčeva ispunjenih… s još više zlatnika.

When the men were out of sight, Ali Baba gave the rock a mighty push.

It was firmly stuck, as if nothing in the world could ever move it.

"Open Sesame!" Ali Baba whispered.

Slowly the rock rolled away, revealing the dark deep cave. Ali Baba tried to move quietly but each footstep made a loud hollow sound that echoed everywhere.

Then he tripped. Tumbling over and over and over he landed on a pile of richly embroidered silk carpets. Around him were sacks of gold and silver coins, jars of diamond and emerald jewels, and huge vases filled with... even more gold coins!

«Je l'ja to sanjam?» Upitao se Ali Baba. Digao je dijamantnu ogrlicu i od bliještavila su ga zaboljele oči. Stavio ju je oko vrata. Uzeo je još jednu, pa još jednu. Napunio je čarape draguljima. U svaki je džep nabio toliko zlata da se jedva izvukao iz špilje. Izašavši, okrenuo se i rekao: «Sezame zatvori se!» i stijena se čvrsto zatvorila. Možete si zamisliti koliko je dugo Ali Babi trebalo da dođe kući. Kad je njegova žena ugledala što nosi zaplakala je od sreće. Sada je bilo dovoljno novca do kraja života!

"Is this a dream?" wondered Ali Baba. He picked up a diamond necklace and the sparkle hurt his eyes. He put it around his neck. Then he clipped on another, and another. He filled his socks with jewels. He stuffed every pocket with so much gold that he could barely drag himself out of the cave.
Once outside, he turned and called, "Close Sesame!" and the rock shut tight.
As you can imagine Ali Baba took a long time to get home. When his wife saw the load she wept with joy. Now, there was enough money for a whole lifetime!

Idućeg dana, Ali Baba je sve ispričao svom bratu Cassimu.

«Drži se što dalje od te špilje,» upozorio ga je Cassim. «To je previše opasno.»

Da li je Cassim brinuo o sigurnosti svog brata? Ne, nimalo.

The next day, Ali Baba told his brother, Cassim, what had happened.

"Stay away from that cave," Cassim warned. "It is too dangerous."

Was Cassim worried about his brother's safety? No, not at all.

Te noći, dok su svi spavali, Cassim je potajice, s tri magarca, otišao iz sela.
Pred čarobnom špiljom izgovorio je, «Sezame otvori se!» i stijena se
otkotrljala. Prva dva magarca su ušla no treći se odbio pomaknuti. Cassim
ga je vukao i vukao, bičevao i vikao na njega dok jadna životinja ipak nije
ušla. Ali, magarac je bio toliko ljut da je snažno udario nogom stijenu i ona
se polako srušila natrag.
«'Aj'mo glupa životinjo,» režao je Cassim.

That night, when everyone was asleep, Cassim slipped out of the village with three
donkeys. At the magic spot he called, "Open Sesame!" and the rock rolled open.
The first two donkeys went in, but the third refused to budge. Cassim tugged and tugged,
whipped and screamed until the poor beast gave in. But the donkey was so angry that it
gave an almighty kick against the rock and slowly the rock crunched shut.
"Come on you stupid animal," growled Cassim.

Unutra, zapanjeni Cassim uzdisao je od zadovoljstva. Brzo je punio torbu za torbom i tovario ih bez mjere na jadne magarce. Kad više ništa nije mogao uzeti, Cassim odluč i krenuti kući.

Rekao je glasno: «Oraščiću otvori se!» Ništa se nije dogodilo.

«Bademe otvori se!» rekao je. Opet ništa.

«Pistachio otvorite se!» Još uvijek ništa.

Cassim počne očajavati. Vikao je i psovao, pokušao sve što je moguće, ali jedino se nije mogao sjetiti «Sezame»!

On i njegova tri magarca bili su u zamci.

Inside, an amazed Cassim gasped with pleasure. He quickly filled bag after bag, and piled them high on the poor donkeys. When Cassim couldn't grab any more, he decided to go home.

He called out aloud, "Open Cashewie!" Nothing happened.

"Open Almony!" he called. Again, nothing.

"Open Pistachi!" Still nothing.

Cassim became desperate. He screamed and cursed as he tried every way possible, but he just could not remember "Sesame"!

Cassim and his three donkeys were trapped.

Slijedeće jutro vrlo uzrujana Cassimova žena zakucala je na Ali Babina vrata. «Cassim nije kod kuće,» počela je šmrcati. «Gdje je? Gdje bi mogao biti?»

Ali Baba je bio osupnut. Tražio je svog brata svugdje, sve dok nije pao od umora. Gdje bi Cassim mogao biti? I tada se sjetio. Otišao je do stijene. Cassimovo beživotno tijelo ležalo je ispred špilje. Razbojnici su ga našli prvi.

«Cassim mora biti brzo pokopan,» mislio je Ali Baba, noseći teško tijelo svog brata kući.

Next morning a very upset sister-in-law came knocking on Ali Baba's door. "Cassim has not come home," she sobbed. "Where is he? Oh, where is he?"

Ali Baba was shocked. He searched everywhere for his brother until he was completely exhausted. Where could Cassim be?

Then he remembered.

He went to the place where the rock was. Cassim's lifeless body lay outside the cave. The thieves had found him first.

"Cassim must be buried quickly," thought Ali Baba, carrying his brother's heavy body home.

Kad su razbojnici došli natrag, nisu našli tijelo. Možda su Cassima odnijele divlje životinje. No čijih su nogu ovo tragovi?

«Još netko zna našu tajnu,» vrisnuo je Ka-eed, u divljem bijesu.

«Moramo ga ubiti!»

Razbojnici su pratili tragove i došli točno do pogrebne povorke koja je već stigla do Ali Babine kuće.

«To mora biti ovdje,» mislio je Ka-eed, potiho označavajući bijeli krug na ulaznim vratima. «Ubit ću ga noćas, kad svi budu spavali.»

Ali Ka-eed nije bio svjestan da ga je netko vidio.

When the thieves returned they could not find the body. Perhaps wild animals had carried Cassim away. But what were these footprints?

"Someone else knows of our secret," screamed Ka-eed, wild with anger.

"He too must be killed!"

The thieves followed the footprints straight to the funeral procession which was already heading towards Ali Baba's house.

"This must be it," thought Ka-eed, silently marking a white circle on the front door. "I'll kill him tonight, when everyone is asleep."

But Ka-eed was not to know that someone had seen him.

Ropkinja, Morgianna, ga je gledala. Osjetila je da je stranac zao.
«Što bi taj krug mogao značiti?» pitala se i čekala da Ka-eed ode.
Tada je učinila nešto stvarno pametno. Uzevši komad krede označila
je sva vrata u selu istim krugom.

The servant girl, Morgianna, was watching him. She felt
this strange man was evil. "Whatever could this circle
mean?" she wondered and waited for Ka-eed to leave.
Then Morgianna did something really clever. Fetching
some chalk she marked every door in the village with
the same white circle.

That night the thieves silently entered the village when everyone was fast asleep.

"Here is the house," whispered one.

"No, here it is," said another.

"What are you saying? It is here," cried a third thief.

Ka-eed was confused. Something had gone terribly wrong, and he ordered his thieves to retreat.

Kada su svi zaspali, razbojnici su tiho ušli u selo.

«Ovo je ta kuća,» prošaptao je jedan.

«Ne, tu je,» rekao je drugi.

«Što kažete? To je ovdje,» uskliknuo je treći razbojnik.

Ka-eed je bio zbunjen. Nešto ovdje nije kako valja, i naredio je razbojnicima da se vrate.

Rano slijedećeg jutra Ka-eed se vratio. Njegova dugačka sjena
prešla je preko Ali Babine kuće i Ka-eed je otkrio da je tu krug
koji nije našao prošle noći. Smislio je plan. Donijet će Ali Babi
četrdeset prekrasno obojenih ćupova. Ali u svakom od njih bit
će po jedan razbojnik oštra mača.
Kasnije tog dana, Morgianna je bila iznenađena vidjevši
karavanu deva, konja i kola kako stižu ispred Ali Babine kuće.

Early next morning Ka-eed came back.
His long shadow fell on Ali Baba's house and Ka-eed knew that this
was the circle he could not find the night before. He thought of a plan.
He would present Ali Baba with forty beautifully painted vases.
But inside each vase would be one thief, with his sword ready, waiting.
Later that day, Morgianna was surprised to see a caravan of camels,
horses and carriages draw up in front of Ali Baba's house.

Čovjek u ružičastom ogrtaču, s predivnim turbanom zvao je njenog gospodara.
«Ali Baba,» rekao je. «Darovi za tebe. Nalaženje i spašavanje brata iz čeljusti
divljih životinja je uistinu hrabar čin. Moraš biti nagrađen. Moj šeik, plemić od
Kurgoostana, poklanja ti četrdeset ćupova najdragocjenijih dragulja.»
Vjerojatno shvaćate da Ali Baba nije baš bio mudar i prihvatio je te darove s
velikim osmjehom. «Gledaj, Morgianna, gledaj kakve sam darove dobio,» rekao je.
Ali Morgianna nije bila mirna. Predosjećala je da će se nešto grozno dogoditi.

A man in purple robes and magnificent turban called on
her master.
"Ali Baba," the man said. "You are gifted. Finding and
saving your brother from the fangs of wild animals is
indeed a courageous act. You must be rewarded.
My sheikh, the noble of Kurgoostan, presents you with
forty barrels of his most exquisite jewels."
You probably know by now that Ali Baba was not very
clever and he accepted the gift with a wide grin.
"Look, Morgianna, look what I have been given," he said.
But Morgianna was not sure. She felt something terrible
was going to happen.

«Brzo,» vikne ona, kad je Ka-eed otišao. «Zavri tri mjere ulja sve dok se ćupovi ne počnu dimiti. Brzo, prije nego što bude prekasno. Objasnit ću ti kasnije.»
Ubrzo je Ali Baba donio sirovo ulje koje je prštalo i špricalo na plamenu gomile užarenog ugljena. Morgianna je napunila kantu ubojitom tekućinom i ulila je u prvi ćup i čvrsto ga zatvorila. Ćup se zatresao i gotovo prevrnuo. Potom se umirio. Morgianna je nečujno digla poklopac i Ali Baba ugleda jednog vrlo mrtvog razbojnika!
Sada posve uvjeren u zavjeru Ali Baba je pomogao Morgianni ubiti sve razbojnike na isti način.

"Quick," she called, after Ka-eed had left. "Boil me three camel-loads of oil until the smoke rises out of the pots. Quick, I say, before it is too late. I will explain later."
Soon Ali Baba brought the oil, spluttering and hissing from the flames of a thousand burning coals. Morgianna filled a bucket with the evil liquid and poured it into the first barrel, shutting the lid tight. It shook violently, nearly toppling over. Then it became still. Morgianna quietly opened the lid and Ali Baba saw one very dead robber!
Convinced of the plot, Ali Baba helped Morgianna kill all the robbers in the same way.

Te je večeri Ka-eed došao slaviti kod Ali Baba. Prežderavali su se mesa i kruha pripremljenog na predivne načine. Pili su najbogatiji nektar od ponajboljeg voća.

Ali, najsvjetlija točka večeri bio je Morgiannin ples! Jadni Ka-eed nije imao izgleda. Podrigujući nakon obilnog obroka, njegove oči vrtjele su se u krug prateći Morgiannu koja mu je, plešući prilazila sve bliže i bliže. Odjednom je osjetio kako mu se dijamantima ukrašen bodež zabija duboko u srce.

That evening Ka-eed arrived to feast with Ali Baba.
They gorged on meats and breads cooked in wonderful ways.
They drank the rich nectar of sumptuous fruits.
But the highlight was Morgianna's dance! Poor Ka-eed did not
have a chance. Belching with the rich food, his eyes rolled
round and round watching Morgianna spin closer and closer.
Then all of a sudden, he felt a diamond studded dagger plunge
into the depths of his heart.

Slijedećeg dana Ali Baba se vratio pred stijenu. Uzeo je iz špilje tajanstvene zlatnike i nakit i tada rekao: «Sezame zatvori se!» zadnji put.
Sve je dragulje dao ljudima koji su ga izabrali za vođu, a Morgiannu je učinio svojim glavnim savjetnikom.

The next day Ali Baba returned to the place where the rock was. He emptied the cave of its secret coins and jewels and he called out, "Close Sesame!" for the last time.
He gave all the jewels to the people, who made Ali Baba their leader.
And Ali Baba made Morgianna his chief adviser.